청어詩人選 110

기도의 숲

| 이현기 시집 |

청어

기도의 숲

이현기 지음

발행처 · 도서출판 **청어**
발행인 · 이영철
영 업 · 이동호
홍 보 · 최윤영
기 획 · 천성래 | 김흥순
편 집 · 김영신 | 방세화
디자인 · 김바라 | 서경아
제작부장 · 공병한
인 쇄 · 두리터

등 록 · 1999년 5월 3일(제22-1541호)

1판 1쇄 인쇄 · 2013년 6월 20일
1판 1쇄 발행 · 2013년 6월 30일

주소 · 서울 서초구 서초3동 1595-10 봉양빌딩 2층
대표전화 · 586-0477
팩시밀리 · 586-0478

홈페이지 · www.chungeobook.com
E-mail · ppi20@hanmail.net
ISBN · 978-89-97706-55-6 (03810)

기도의 숲

어찌 보면 글을 쓴다는 것은 외로운 길인지도 모른다. 그것은 지나간 세월의 괴로웠던 일들을 토해내어 아름다움으로 바꾸는 일들이라 생각하기 때문이다. 하지만 글을 쓰면서 그동안 살아온 소우주의 길을 따라가다 보면 깨달음을 얻게 되는 대우주에 이르게 될 것이다. 이러한 생각 때문에 나는 자연의 섭리를 저버리는 일 없도록 힘을 써가며 글을 쓴다. 영혼의 흔들림, 영혼의 아름다움에 몸부림치는 우리 삶 속에 보이지 않게 보이는 영혼의 웃음을 글로 담고 싶다. 영혼의 소통과 영혼의 이동을 그리며 삶과 동행하는 순수한 영혼의 숨길을 종이에 옮기고 싶다.

세상은 빠르게 전개되고 있다. 국제사회는 자국의 힘을 키우고 나라마다 자국민을 돌보기 위해 온 힘을 기울이고 있다. 이럴 때일수록 언어의 가치를 바르게 인지해야만 도덕과 윤리가 바로 서게 된다. 하지만 최근, 자식은 있으나 부모가 없고 학생은 있으나 스승이 없다는 이야기를 종종 듣게 된다. 참으로 안타까운 우리 사회의 일면이다.

또한, 한국 사회에서 불합리한 것 중 하나를 꼽는다면 갈수록 심해지는 자본의 횡포가 아닐까 싶다. 게다가 놀고먹으려는 사람들과 정부의 등을 치고 사회를 혼란하게 하는 무리가 판을 치고 있다. 이를 바로 잡는 것이 언어 즉, 글의 역할이다. 따라서 문인들은 막중한 책임감을 가지고 집필을 해야 할 것이다.

노자의 『도덕경』을 보면 '상선약수(上善若水)' 라는 말이 나온다. 가장

아름다운 인생은 물처럼 살다가 물처럼 가는 것이라는 말이다. 노자는 물이 가지고 있는 원칙을 말했다. 남과 다투지 않는다. 늘 낮은 곳으로 흐른다. 하지만 사람은 늘 다투고 높은 곳을 좋아하는, 물과는 정반대로 행동하고 있다.

나는 언제나 시를 쓴다는 것은 가장 낮은 곳에서 사회를 밝히는 일이라고 생각하고, 무명의 글이라 자처하면서 글을 쓴다. 지나간 세월에 가두어둔 아름다움과 괴로움을 토해내며 사랑과 용서를 배워가는 수련이 작문이라고 생각하기에 나는 오늘도 글을 쓴다. 누가 웃어도 언제나 나는 글을 쓴다.

나는 물과 같이 살기를 원한다. 늘 낮은 곳에서 경쟁하지 않고 물러서서 사회를 바라보면서, 늘 힘없는 자 편에 서고 강한 자 앞에서는 강한 면모를 보이면서 사는 게 문인의 인생이라고 생각한다.

인생의 가장 아름다운 보배는 인간의 개성 속에 있다. 따라서 각자의 개성을 살리는 사회야말로 진정 아름다운 사회일 것이다. 나는 글을 통하여 사회를 아름답게 만드는 문인이 되고 싶다.

끝으로 시집 발간에 도움을 주신 청어출판사 사장님, 그리고 직원 여러분께 고마움과 감사를 드린다.

c·o·n·t·e·n·t·s

 ・・・・・・ 기도의 숲

1
들녘의 새벽길

멀리 보이던 산도
가깝게 보이는구나
어제까지 비가 많이 오더니
이렇게 맑게 갠
아침을 열어주었구나
얼마나 행복한 일이냐

詩書盤石(시 쓰는 반석)

사랑하는 사람을 두고
가슴 뛰는 것처럼
무엇인가 토해내야 했습니다

시를 쓰면서
하느님만 아시는 고뇌
닫힌 가슴의 문
열어야만 했습니다

응어리진 나의 가슴 풀어보면서
지난 세월에 들어있는
뇌관을 분해 제거했습니다

용서하는 용기를 얻었습니다
슬픔과 괴로움을 사라지게 했습니다

하느님의 가르침을 깨닫게 했습니다
지난 세월에 감사를 느끼게 했습니다

바라봅니다

수평선 바다 끝 바라봅니다
석양노을 바닷물 달구고 있습니다
알 수 없는 무수한 일들
가슴에 밀려오고 있습니다

짧은 밤을 지나는 밝은 달은
별들의 찬란한 빛 소리 들으며
먼 산에 기울어가고 있습니다

쓸쓸한 바람은
산모퉁이를 돌아오면서
한 장의 낙엽을 날리우다
내 앞에 다가와 가슴을 치고 있습니다
지난날 그리움 뿌리고 지나갑니다

돌아보면 흔들리는 가슴의 물결
지나간 세월이
밀려오는 괴로움의 물결이라면
버리기라도 할 것인데

빼앗긴 나의 혼
그리움 덩어리가 세월 되었지요

-석양노을 바닷가에 서서

보리밭

이것 또한 내가 해야 할 일 중의 하나
콩을 걷어내고 쟁기로 밭을 갈아
보리 갈기 좋게 만든다

씨앗은 박 서방님이 뿌린다
뒤를 따라다니면서
괭이로 뿌린 씨를 덮는다

허리가 무지 아프다
그러나 참아야 했던 시간이다
씨 뿌린 박 서방님 같이 덮는다

모두 이것을 마치고 나면
겨울 오기 전 싹이 나기 시작한다
보리는 너무나 커도 안 된다
나지막하게 자라야 한단다

겨울철 보리밟기는
내가 천 평 남짓 되는 밭을 밟아야 했다
학교가 끝나고 보리밭으로
보리 골을 한 줄 두 줄
밟아준다

이것도 하루에 모두 할 수가 없다
하는 수없이 안조일이라는 친구와
같이 밟기로 했다

그래야 겨울이 지나 보리가 잘 된단다
그렇게 하기를 얼마나 했던가
추운 겨울 보리밭 밟아본 사람 있는가

이것 또한
기억나는 외로운 보리밟기 시간이다
그칠 줄 모르는 농사의 사이클…
생각하면 멋진 날들이라 생각하면서

끝까지 모든 일을 한 나의 시간들이
정말 멋진 인생 터전이 됐다
이런 훈련을 통해

인생 삶을 알게 해주신 하느님
감사합니다
아름다운 추억으로 가슴에 남아있습니다

험한 산길

나는 험한 산 정상을 찾아간다
몹시 아프고 발이 부어버린 후다
험한 외길 발밑에서 웃고 있다

걸어온 길 이렇게 하나하나가
외길에 돌을 차고 걸어왔다
세상은 험난한 외길

잠에서 깬 내가 나를 생각하면서 웃어본다
아, 하 하면서

꿈속에 내가 누구인지 알 수 없다
눈뜨면 사라지기 때문이다
삶 자체가 꿈이기에

아, 사랑하는 사람들이여
나는 갈 것이다
걷는 길마다 가시 돋친 길
자갈길 힘차게 걸어갈 것이다

이보다 더 어려운 길이라 한들
걷지 못할 이유가 없다
하느님은 나에게

어려운 훈련을 통하여
늘 가슴에 힘과 용기를 더
하게 하고 있어
나는 행복하다

비틀거린다

내가 비틀거리며
넘어질 것 같다
검은 마음 가진 꾼들
부러워하고
악한 자 잘 되는 것
시샘한 적 있다

고생이 무엇인지 모르고
검은 마음에
살덩어리는 둥실둥실
살이 쪄 번들거리고

어진 백성들 당하는 쓰라림
모를 것이다
횡포가 그들의 명예요
거만한 눈동자
어진 백성 마음 울린다

너의 고깃덩어리
악이 보인다
검은 마음에서
어찌 나라 생각하겠는가

선한 사람 쳐다보며
비웃는 검은 모습
참으로 비통함 느낀다

그래도
검은 마음꾼들
검은 차의 행렬
호텔에 잠재우고 있구나

어진 백성 속이고
나라 어지럽게 한 죄는
대역죄가 아닌가
옛날 대역죄는
삼족을 멸했다던데

그래도
착한 마음 하얀 마음
어진 마음 간직한
어진 백성들 있기에 오늘날
이렇게 살아가는 줄
알아라

길

내가 가야 할 길이 있다면
갈 곳이 어디에 있는지도 모르고
걸어만 가고 있다

하늘에도 길 있고
물속에도 길이 있는데
내가 가야 할 길은 어디에 있는지

공중 나는 새들은
길 따라 창공을 나는가
산속 아늑한 길 따라 마주치는 초가

아름다운 꽃 한 송이 피어
나를 기다리는 하얀 꽃으로
만들고 싶다

가보지 않은 그 길은 낮익은 길로
마음에 드는 것은
누가 날 기다리는 가슴
있기에 길을 찾는 것일까

그래서 나는 그 길을 가야 한다
찾아야 한다

서럽게 걸어온 길은 잃어버리고
밝게 비치는 태양 아래
길 따라 가오리다
날 기다리는 영혼을 찾아서

지붕

하늘을 지붕 삼아 살아가는
내가 어느 것을 부러워하겠는가
태어남보다 죽음을 더욱 떳떳하게
생각하면서 살아가자

홀로 왔다 홀로 가는 그걸 모르고
이것저것 모두를 마음에 두고
살아가는 내가 되지 않고 살아가기를
원한다

내가 누구인가
알 수 없는 내가 아닌가
서로를 부정하고
사랑이 무엇인지도 모르고
나만 양심적이라 하지 않는가

사람이 태어남에 부모를 맞이하고
자식을 맞이하는가보다
내가 부모를 위해서 무엇을 했단 말인가
남 부모 모시는 것을 티눈 가려내듯
하면서

내가 가진 돌덩이는 가려내지 못하는
흠투성이 나를 바라본다
부모가 무엇인지 자식이 무엇인지
천륜이라 하지 않았던가
날 낳아준 부모를 버릴 수 있겠는가

날 길러준 부모를 사랑하지 않을 수 있겠는가
내가 낳은 자식을 버릴 수 있겠는가
암탉이 병아리를 버리는 걸 보았는가

병아리가 어미 닭 잃으면 삐악삐악
목이 터져라 소리 지르지 않는가
세상이 이렇게 되어가고 있다

부모를 의지하는 것보다
자식을 의지하는 것보다
하늘을 의지하는 것보다 중요한 것

자기를 의지하고 마음을 의지하며
살아가야 하지 않겠는가
어차피 하늘은 지붕이요 흙더미가
안방이 아니더냐

겨울 와버린 산

새싹 돋아날 때 하늘의 햇살은
말했다
푸른 파도로 말할 때
하늘 햇살은 바람이었다

산마다 붉어지고 노랗게 읽어가는
가을은 껑충껑충 뛰는 소녀의
아름다운 웃음이었다

구름이 산 그리워
밀려오더니 하얀 그림자 만들고
가을 떠나 겨울로 와버린 산은
수많은 나무들의 속삭임

바람에 휘날리어 몸부림치는
속삭임 되었다
살며시 내려앉는 하얀 눈 덮인
겨울 산은 거대한 어머니
가슴이어라

자연의 순리는 들과 산의 그림
그리고 다시 한 번
얼굴 내미는 산의 그림자

어느 한 것도 사랑 아닌 것 없이
겨울 산도 사랑으로 왔다
사랑으로 가리라

수평선

수평선 바라보니
오존 향기에 뭇네, 아쉬움
나는 웃음이 나온다
살아온 나의 이야기

해가 솟아오르니
붉게 물이 든다

해가 뜨니 바다는 웃음 짓는데
출렁이는 파도는 모래를
밀리게 하는 것이
하는 일인가 보다

석양에 땅 그림자 그려지고
어둠에 바다는 잠을 잔다
파도가 소리 지르고

나의 웃음에 나를 부른다
바다가 알고 있는 비밀
토해내면

바다가 웃는다
푸른 하늘 아래
파도는 웃으며 모래 위 걸어간다

바라보면

들판을 바라보고 있으면
어디서 불어오는 바람
떼 지어 지나가는 그림자처럼
혼자 나는 너를 바라보고 있다

어느 날은
산들바람이 불어오더니
뒤에는 큰바람 솟아오르고 있는 걸
볼 수가 있다

외로움에 혼자 서 있는 것은
가장 강한 오뚝이처럼 서 있는지도 모른다
강한 사람도

약한 사람도
한번쯤 자기를 바라보는 순간
혼자 서 있는 나를 바라보면서
내가 누구인가 생각할 때가 있다

들을 바라보는 나
정말 바보 같은 건지
외로운 건지 알 수 없다
바람 불 때는 기억들이 새롭다

행복하다

가슴 뛰는 소리
가라앉게 하는
너를 만나 나는 행복하다

사랑 모습으로 아름다움 품고
사랑의 색깔로
하늘 가슴을 풍겨주는 너

멀어질 수 없는 가슴 되고 말았다
넓은 하늘에
숨긴 너의 가슴 풀어질 때면
나는 참 행복하다

삶의 방황에서
너를 만날 수밖에 없는 것은
하늘의 중재였나 보다
오늘도 이렇게 너는 나에게
찾아왔구나

찾아온 너에게 기대어
아름다운 입김의 말 없는
말을 하고 싶구나

웃음 없는 웃음으로
향기 없는 향기로 가득한 너를
가진 것 없어도

서로 나누어 가질 수 있는 너
언제나 가슴으로 느끼는 내가
참으로 행복하다

들녘의 새벽길

하늘은 맑고
널따란 논가에
출렁이는 물결
넘실거린다

멀리 보이던 산도
가깝게 보이는구나
어제까지 비가 많이 오더니
이렇게 맑게 갠
아침을 열어주었구나
얼마나 행복한 일이냐

들녘에 농부들의 몸부림
논둑 거닐면서
이양할 준비 하고 있다

어린 시절 모를 심는 낭만
아픔 머리를 스친다
잔심부름하면서
모쟁이 노릇하던 날들
결석하며 심부름하던 날

거머리에 피 빨리며
모쟁이 하던 날
요즈음 거머리 없어지고
거머리가 무엇이냐고 묻는
묘(妙)한 세상 됐는지

배부른 낭비 세상 됐는지
지나간 이야기 잊는다면
오늘도 잊어버릴 것이다

기억하면

먼 산 바라보아도
웃음 나는 날이 있다

하늘에 별들이
떨어질 듯 반짝이며
세상을 바라볼 때
별이 나에게 오는 것 같다

밤의 긴 여울에
하루살이 불빛에 모여들어
쓰러질 때 가슴에 또 하나의
불꽃이 떨어지는 것 같다

긴 겨울밤 새끼 꼬며
밤 지새며 군고구마 먹으며
새끼를 꼬는 날 생각하면
웃음이 난다

밤바람에 소리 나는
대나무 잎가에 흐르는 물결
가슴에 또 하나의 파도로 밀려온다

고향산천 애향곡이 흐를 때
나는 친구 생각에 젖는다
너를 생각하며 하루를 지내는
시간에

가냘픈 몸매에 흔들리는
삶 생각할 때 나는 강한 힘이 솟는다
군 생활 첫 휴가
사흘 만에 부대를 들어가
군 생활 다시 시작할 때 생각하면
나는 웃음이 난다

소나무 숲 사이 누워계시는
어머니 생각하면
나는 머리가 숙여진다

생각해야 할 일

생각해야 할 일이 있다
어머니 큰사랑
깊고 넓은 바다의 사랑

높은 산에 화산이 터진다 해도
나는 끊임없이 해야 할 일이 있다
폭풍이 몰아쳐도 산은
해야 할 일을 잊지 않고 우뚝 서있다

나뭇가지는 흔들리고
바다의 파도가 밀려오는 것은
철석거리는 소리
그 왜 아무것 없어도
해야 할 일을 하고 있다

그래도 나무는 자랄 것이다
꽃이 피고
향기는 허공을 찌를 것이다

기억해야 할 일이 있다
아름다운 추억이 가슴에
밀려왔다 밀려가는 순간
가슴에 그려지고 있다

고통과 괴로움으로 점철됐던
순간들 살아야 했다
걸어야 했다

아직도 그 삶이
그 시간이 있다면
얼싸안고 너를 보듬어 주리라

삐쩍 마른 얼굴
살아날 수 있도록
훈련에 훈련을 거듭나게 한 날들
사랑보다 강한
살아야 했던 날들

몸이 죽고 시간이 죽고 세월이 죽어
홀로 남아있어도
해야 할 일을 했다

청춘의 가슴을 가져오는 일이다
고목이 가져오는
한 송이 꽃을 가져오는 것이다

역사를 가져오는 것이다
살아가는 삶 속에
사랑을 가져오는 것이다
시(詩)를 가져오는 아름다움이다

어느 날

산천은 먼 곳에
낯선 땅 되고 말았다
그 얼굴 표정들
돌아보면 저 먼 곳에 있는데

잊힌 향기에 웃음 짓는 입가에
온통 목마름뿐이다
뼈마디 부서지는 소리 들리고

내 삶은
출렁이는 태평양 바다에 띄워 버렸다
한 줌 바람으로 안부 묻고 싶은 마음
기쁨이 날아가 버린 피곤한

내 몸뚱이 낯선 이국땅의 삶
버려진 조선의 언어
가슴에 담아 넣어

온몸 질주하는 시간
다시 찾는다고
고향 밤하늘의 별을 보고 있다

−밴쿠버에서

나를 찾아서

우리 역사에서
아(我) 찾고 싶다
진리를 건지고 싶다
우리 얼
우리 철학 알고 싶다

그래서
숨은 교훈 찾아서
후손에 물려주고 싶다
숨은 큰 뜻을 알고 싶다

조상의 가슴에서 가슴으로
전하여 내려온 역사
가슴으로 듣고 싶다

그래서
다음 세대에 숨김없는
우리 역사 전해주는
가슴 되고 싶다

선천 소 개벽 이후
중앙아시아 동쪽에서
태동한 환국(桓國)

밝은 나라 역사에서 찾고 싶다

연연히 이어온
우리 역사 모르고 있으니
자랑할 수 있겠소

한국의 국조
환국의 환인 시대
안파견이란 지도자
아는가

만민의 아버지라 불러온
안파견(安巴堅)
아메리카 원주민 속에
살아 숨을 쉬는
아파치라는 이름

안파견이 아파치로
변한 이름 아는가
추장이라 하는 이름

안파견이 아버지
아버지가 아파치로 변한

사연 아는가

북만주 시베리아
우리 땅
천 년 후라도 만 년 후라도
다시 찾아야 하지 않겠는가

아름다움 있어도
자랑 못하고 사는
민족 되지 말자
개천이라
하늘 열린 날 있는데

그리스 문화보다
더 오래전부터
시월 축제 가졌다는
사실 아는가
단기는 죽이고
서기를 따라다니는
묘한 민족 되지 말자

살리는 역사
알리는 역사

고구려 후손 널리
퍼져 살고 있지 않은가
고려족 한글을 사용하고
있지 않은가
연변의 우리 민족
자랑스럽지 않은가

아름다운 가슴 되어
지배하는 민족 되지 말고
존경받는 민족 되어
사랑의 꽃 피어
향기 나는 민족 되자

겨울이 오면

바람 일으키는 풀무
잠자는 나의 침실 풀무질
해야 했을 때
가슴으로 돌렸다

눈물과 함께 돌아갔다
매서운 연기
가슴에 숨어있다
왕겨(맵저*)
온돌방 따뜻하게 하는
건불*
눈이 오나 비가 오나
바람이 불어도
풀무질해야 했다
날마다

겨울 지나면 좋아질까
하면서
건불 지펴야 했다
하루만 걸러도 냉방
추운 겨울 맞이하면
건불

머리에 찾아온다
온돌방 사라지고
건불이란 개념도
풀무질이란 단어도 익숙하지 않는
오늘이다

어머니 하면서 오른손
얼마나 돌려야 했던가
모든 것 세월이 삼키었다
지난 세월에 남아있는
내가 있기에

찾아낸 한 토막 꿈이다
지나간 마음 찾아
잡아본다
잊어야지 하면서도
마음 꿈틀거린다
추워질 때면
아름다운 추억으로
마음속 간직하려 한다

하느님 감사합니다
이런 훈련의 순간 통하여

얻어진 인내의 힘으로
살아왔습니다

*맵저: '왕겨' 의 방언(전북)
*건불: ①단순히 방을 따뜻하게 데우기 위해 불을 지피는 것을 일컫는
       다. ②풀잎이나 벼잎 마른 것을 일컫기도 한다.

바다에 서서

등대 보이는 바닷길 보인다
내가 걸어가는 해안 길
바다와 육지의 선을 긋는 길

수평선은 하늘과 맞닿는 선
그 길이 보인다
유람선이 달리고

먼 곳에서 밀려오는 파도와
오존바람과 함께
온몸에 젖어드는 향기

바다 언저리에 서 있는
소나무 향기와 마주치고 있다
해안 길에 늘어선
발자국만 남아있다

파도소리 수평선 담아
길가에 밀려온다
그럴 때면 가슴에 밀려오는
또 하나의 세월 파도 되어
출렁인다

•••••• 기도의 숲

2
나 없는 세상

순간의 아름다움
잊어버렸다
과거는 흘러간 꿈
미래는 아직 모르는 꿈
현재만을 아는

동행

너와 내가 산 너머 피안의
언덕 찾아가는 것은
고통과 괴로움 너머 평화의 길
찾아가는 걸 모르는가

평화는 사랑 있고 발전이
숨을 쉬는 곳이다
같은 길 걸어간다는 것은
친구가 될 수 있으며
연인이 될 수가 있다

부부도 될 수 있음이
결혼이 아닌가
동행이 아닌가

그렇게 일생을 걸어갑니다
영원한 영혼을 노래하면서
아름다운 영혼으로 꽃피게 하여
열매를 맺게 하는
거룩한 힘이다

부족함을 서로 채우고
단점을 덮어주고 참아주는

그런 사이가 동행이다

실패를 했더라도
사랑의 힘으로 다시 일어서서
일할 수 있는 용기가 필요하다

서로 힘 될 수 있는 동행자
사랑의 힘은 핵무기보다
힘이 강한 꽃입니다

그런 사랑의 힘을 불태워주는
그런 힘 그것이
같이 걸어간다는
의미가 아닐지

세상은

세상은 변하지 않는다
자연은 그렇게 태어나고
침묵으로 자리하고 있다
무엇 하나 변하는 것 없다

자연은 윤회의 굴레를
어김없이 회전하고 있다
그것 그것이
진리임이 틀림없다

사람들은 변한다고 한다
아니다
변하는 것은 권력을 맴돌고
정치하는 사람들 마음에
변하는 가슴 들어있습니다

그러나
우리가 오기 전에도
우리가 가고 난 후에도
자연은 그렇게 말없이
그대로 있을 것입니다

우리의 얼굴이 변해가는 것은
윤회의 집착입니다
생활이 변해가는 것은
욕심입니다
마음이 변해 가는 것은
탐욕입니다

태어남과 죽음은
변하는 것 아니다
삶의 연속입니다
우주공간을 차지하고 있는
우리는 아름다움입니다

우리 의식은
공간을 차지하는 아름다운
꽃입니다

나는 보았소

푸른 하늘 아래
산야를 덮고 있는
그대 하얀 마음
나는 보았네

봄에 솟아나는 민들레보다
강한 그대 보았네
한 송이 민들레꽃으로
산들바람에 나부끼며
사랑노래 부르는 소리
들리고 있네

이렇게 눈을 뜨고
그대 생각 젖어 있다오
사랑하는 그대가
마음의 창 두들기며
찾아오는 걸 보았네

살며시 내 손 잡아
용기 심어주는 그대
나는 보았네

차분한 몸매 깔끔한
머릿결은
흐르는 물가의
은방울처럼 소리 나고
그대 표정 밝은 미소
맑은 눈동자
한 폭의 시를 쓰는 모습
보았네

호숫가의 넘실거리는
물가에 흐르는
그대 마음 보았네

망상

망상 전쟁에 무력 도발이라
누구의 잘못으로
이렇게 우리를 슬프게 하는
세월 만들었나

같은 세월에 같은 시간을 먹고 사는
민족
누구의 잘못으로
서로를 죽이게 하는 피의 물결
보게 했느냐

죽창 들고 너는 우리 아비
나는 너의 아비를 죽인다 하는
사상의 고통에
우리가 따라야 했던 날들은

동족상잔 차원을 넘어서 우리를
괴롭게 한 일들을 잊고 있지
어찌 이렇게 나라가 시끄럽게
요동을 치는지

공산당도 자유당도 우리 것 아니다
보수는 무엇이고

진보는 무엇인가

죽일 놈은 따로 없다는 게 요즈음
우리 조국 가슴앓이 하는 얄미운 정객들
말도 안 되는 어제의 이야기로
정신 소모하고 있는데

참으로 가슴 아파오는 민족의 혼
슬피 울고 있다
하나만 아는 족속들
우리의 먼
미래를 생각해라
졸부 정객들아

나 없는 세상

나는 오직 순수한 무(無)
무를 다스릴 수는 없다
인간을 다스리고 지배할 수
있어도
나의 자아(自我)는 그 누구도
지배할 수 없다

자신보다 더 중요한
일을 하는 것은 없다
내가 누구인가
한없는 외침이 있었던
그날들

순간의 아름다움
잊어버렸다
과거는 흘러간 꿈
미래는 아직 모르는 꿈
현재만을 아는

그러나 현실도
흐르는 강물이다
순간을 아름답게
가꾸는 일

그것이
인간에 더없는 행복
더 없는 아름다움이다

겨울의 소리

초가의 처마에 고드름 낙수소리
들어보셨지요
아침 햇살에 뚝뚝 떨어지다
점심때면 떨어지는 소리가
바위를 뚫는 소리로 변하지요

가슴에 세월이 떨어지는 소리로
겨울의 고드름 낙수소리보다
더 크게 들리지요

세월도 이렇게 끝내는 인생을
뚫어버리는 소리로 변하지요

고드름은 지붕의 눈이 녹아서
만들어집니다
봄은 지붕에서부터 온다는 고드름에
물방울이 모여 떨어질 때가 되면
햇살에 영롱한 빛을 냅니다

세월은 가슴에 시간의 조약돌이 모여
생기지요
행복은 가슴에서부터 오는
하나의 햇살입니다

가슴의 햇살에 영롱한 마음은 빛을 냅니다

밤이 되면서
지붕의 눈이 녹아서 고드름이 생기기
시작합니다
고드름은 그렇게 생기고 눈물 흘리는
물방울로 변합니다

검은 머리도 흰 머리 되면서
가슴에 얽히고설킨 소리 우리를
슬프게 혹은 기쁘게 합니다

이 모든 것이 세월 흐름에
강물처럼 흐르는 바람입니다
세월입니다 불꽃입니다

새막

이른 새벽
들녘으로 나간다
참새 떼와 하루를
지내야 하는 날들이
있었다

목이 터져라
오야 오야 하면서
새 팔매질하면서
참새 떼 쫓아

벼 이삭 지키는 여름날
참새 떼와 싸워야 했던
날들 있었다
검게 타버린 얼굴
잠긴 목소리

참새는 그걸 모른다
오직
깜박하는 사이
몽땅 빨아먹고
날아간다 공중 높이

참새들 석양 노을 먹고
대밭 숲속으로 들어간다

요란한 참새소리
소리 없이
귀에 머물고 있다
지금은
귀여운 참새 됐다

대나무여

푸른 너는
모진
비바람에도
흔들려 쓰러질 듯
하면서도

다시 일어나는
푸른 대나무여

항상 푸르러
마음에 드나니
어쩌면 그것이 좋아
항상 너를 생각하노니

모진 눈비에도
강하기만 한
너의 마음을 알겠노라

항상 보아도
마음 포근함을 느끼나니
나 너를 영원히
잊지 않으리

이 어려운 시대
부는 바람에 흔들리지 않고
대나무처럼 살리라

오늘이구나

잠에서 깨어나면
오늘이구나
아침 해가 창문을 노크할 때
오늘이구나

늘 그렇게 살아간다
마음을 찾을 때
찾을 수 없는 것
찾지 않을 때 다시 돌아오는
마음이구나

이것이 좋은가 저것이 좋은가
이렇게 할까 저렇게 할까
하는 마음…
강물처럼 흐르기만 하는
심연(心淵)

한 생각이 흐르면
다른 그 무엇이 뒤따른다
사랑하는 사람들아
마음을 찾아보소

흐르는 강물에 괴롭다던
가슴을 씻어라
외로움 버려라

홀로 태어나

울음으로 인생을 시작하여
먼 길을 걸어왔다
몸은 여러 모양으로

아름다운 꿈을 싣고
늘 홀로 걸어왔다
그것만이 희망인 줄 알고

외롭다 생각할 때
외롭지 않다 생각할 때

너와 내가 있음을 의식할 때
문득 홀로이고 싶을 때가
자유라 하는 것을 느낀다

심한 고통 뒤에
갑자기 환희의 물결이 밀려오듯
지루하게만 느껴졌던 고통
괴로움이 용솟음치는
생각의 애착

한 가닥의 숨은 가슴
살아야 한다는

사랑해야 한다는 진리를 모르고
방황했던 날 생각하면
부끄러움만 밀려오는구나

물질사상

온 세상이
실체에 따라 움직이고
보이지 않는 가슴은
숨어버리는 세상으로 되고 있다

사랑도 숨어버리고
황금 따라 방황하는
중심 되었구나

없이 살아도 정이 듬뿍
오고 가는 지난 시절 그립다
마음을 구할 수 있는 사람
얼마나 있으리오

오직
다른 사람으로부터
자기를 구원하게 하는
망상은
허공을 질주하게 하는구나

태양은 우주의 근본이면
마음은 우리의 중심이라는
사상을 알게 하소서

하늘도 알고 땅이 아는데

무슨 일로 진실 찾는가
숨어버린 진실
어디로 갔는지
가슴으로 진실 찾는데

진실은 마음 안에
있는데
어디 가서 찾는 진실인가
바라지 않는 것이
진실이다

아는 것보다 모르는 것이
진실이다
하늘도 알고
땅이 아는데
진실은 어디 가서 찾을 것인가

깊은 골

삶 있음은 태어남이 있고
조국 있음은 우리 가슴인데
가슴과 가슴으로 이어지는
한 송이 무궁화 꽃

오천 년 이어온 우리 가슴에
심어온 한국이거늘

나라 모르고 민족 모르고
국가 모르니
단기는 알 수 없고

10월 3일
하늘 열린 날 아니더냐
없는 전설도 만들어 자랑하는
세상에

우리 것 있어도
모르고 사는 슬픈 민족이여
가는 길은 하나인데
민족의 고통은 날이면 날마다
괴로움 더 하는구나

조국이 하나 있음에
사상은 두 개로 갈리어 있으니
누구를 탓해야 하나

보수도 진보도 우리 것 아닌
빈 껍질인 것 모르고
참으로 슬피 울고 싶습니다

삼일철학 우리사상
음미하며 이어온 역사의 숨결
숨어버린 얼 찾아봅시다

새벽 장터

태양이 떠오르기 전
가로등 아직 반짝이는 길가
시장은 움직인다

이른 새벽 움직이어야 산다는 얼굴
시장 모퉁이 지나갈 때
이렇게 바삐 웅성거린다

김장철 무 배추 운반차량
시장인 낭만은 이렇게 웃는다
하루가 이어진다

아침 해장국 준비에 바쁜 할머니
선짓국 만들어
추위를 잠시 건져준다
살아가는 삶의 행복이다

움직이는 것
그것은 행복한 일이다
새벽녘 하루를 준비하는 것
참으로 행복한 일이다

동이 트고 햇살이 찾아오면
시장은 조용해지면서
자리를 찾는다
이 얼마나 행복한 일이냐

-강원도 어느 오일장에서

가슴

육체의 고통
마음의 괴로움
가슴 답답함 모든 것
마음에서 시작하여
마음으로 돌아온다

그래서 모든 것은
가슴에서
가슴으로 전해지고
시작도 끝도 없는
많은 세월 통해서

무엇을 하든지
무엇을 찾든지
어디에 있든지
그것이 바로
우리 가슴이다

때 묻지 않은 허공이다
허공 속에
무엇을 찾는다는 말인가
찾는 것은 고통이다

사랑을 찾던
명예 권력 황금을 찾던
찾는 것은 고통이다

지나간 세월
찾을 수 없다 실체를 알아야
실체가 우리에게
의존할 것이다

존재

나는 오직 순수한 공(空)
공을 다스릴 수는 없다
사람을 다스리고 지배할 수
있어도
자아(自我)는 그 누구도 지배할 수 없다

자신보다 더 중요한
역할 하는 것은 없다
내가 누구인가
한없는 외침이 있었던
그날들

순간의 아름다움
잊어버렸다
과거는 흘러간 꿈
미래는 아직 모르는 꿈
현재만을 아는

그러나 현실도
흐르는 구름이다
순간을 아름답게
가꾸는 일

그것이
인간에 더없는 행복
더 없는 아름다움이다

범부(凡夫)

인생은 산들바람처럼
오고
산들바람처럼 떠나게 된다

그냥 이렇게 왔다
이렇게 가야 한다
누가 오라 해서 이 세상에
왔단 말인가

어느 날 울음으로 시작하여
이 세상에 찾아온 것이다
누가 붙잡는다고
더 오래 살 수 있단 말인가

어느 날 갑작스럽게
인생은 떠난다
아무도 모르는 주어진 날에

누구도 모르는 미지의 세계로
그러나 우리는
산들바람처럼 평화스럽고
산들바람처럼
사랑의 침묵을 남겨놓고
가야 합니다

힘자랑하며
권력과 손잡고 치부(致富)한 꾼들
어진 백성 위에서 일한다는
어리석은 자들
내면의 마음 늘
떨고 있을 것이다

거짓에 의지한 채
살아온 자
죽음을 두려워할 것이다

진실은
그러한 힘을 가지고 있다
진실은 누구도 해치지 않지만
세상의 모든 거짓을
굴복시킨다

그래서 우리는
진실을 사랑하며 진리 앞에
너도 없고 나도 없는
당당한 모습으로
순수함 지키며 평범한
범부의 모습으로 살아간다

꿈

삶과 죽음
우리의 몸 육체 그것이다
죽으려 태어남은
어쩔 수 없는
자연의 본성이다

살려고 태어남이 아니다
삶의 아름다움
죽음 또한 아름다움이다

태어나지 않았다면
죽지도 않았을 것인데
나는 다시 태어나지
않겠다

한 포기 풀 되리라
한 그루 나무 되리라
허공 속 공(空) 되리라
한 방울 이슬 되어
반짝이는 별 되고 싶다

푸른 하늘 아래
뭉게구름 되어
산천에 머물고 싶다

3
자유의 물결

오늘도 먼 지평선 바라보며
하늘의 비둘기 떼 바라보면서
할미꽃으로 변한 부모형제
가슴을 어루만져 주소서

철조망

법이 있어도
윤리와 도덕은 사라지고
가진 자와 없는 자는

누가 지키고
지키지 않는 자 누구인가

학생은 있으나 스승이 없는 시대
선생은 있으나 제자가 없는 사회
부모는 있으나 자식이 없는 세대

정치는 있으나 정치인이 없는 시대
국가는 있으나 나라가 없는 오늘의 사회
태극기는 있으나 태극기를 부정하는 시대

정도와 불법
누가 성공하는지
우리가 사는 이 시대
누가 이렇게 만들었는가

우리가 사는 아름다운 산과 들
아름다운 가슴
대한의 민족정기

어디로 사라져 가고 있는 것일까

백두산의 정기
허리 철조망에 걸려 있는지
한라산의 정기가
깊은 바닷속에 잠수하고 있는지

아, 신이시여
우리에게 힘과 용기 주시고
망각하지 말게 하소서

물의 흐름

하늘에서 흐르는 물은
결국 한곳으로 모이고 있는데
하늘의 뜻 또한
결국 한 가지뿐인데

인간들 몸부림에
여러 갈래로 갈기갈기 찢겨지는
어리석은 가슴으로 살아가는

우리 모습 얼마나 안타까워하실까
그것도 모르고
살아가고 있으니
때로는 서글프기 한이 없다만

순간의 기쁨이 우리 가슴에 있기에
우리는 행복으로 살아간다

찾을 것은

찾는다고 찾아지는 것은 없다
무엇을 찾을 것인가
인생을 찾을 것인가

삶을 찾는다는 것은
허공을 한 줌 움켜쥐는 것이
쉽다고 느껴지기 때문입니다

나 자신도 찾지 못하고
내가 어디로 가고 있는지도 모르고
너무나 멀리 떨어져 왔습니다
찾는 것은 찾을 수가 없습니다

찾는 것은 자신을 찾는 것이
찾을 대상이 아닌가 싶습니다
아름다운 보배는
우리 가슴에 숨어있기 때문입니다

끈들

하늘땅에서 진실한 것
세상 두루 살펴보아도
진실에 견줄 것 하나도 없구나

삶 안에 인간의 빼어난 사람
많은 줄 알지만

진실 된 마음 하나 박혀있는
인간의 모습
오늘의 시대 어디서 찾을까

조국의 진실함은
우주를 진동하고 있습니다
하나 된 진실로
뭉쳐야 우리가 살아납니다

역사는 말하고 있습니다
독도는 우리 것이라고
천연기념물 일 호라고 말입니다

일본열도 전부가 본래 협야*가 발견한
우리 땅인 줄 알아야 합니다
그런 사실조차 확인도 못 하고

꾼들은 쓰레기통 만드는 데 혈안이 되고 있습니다

*협야(陜野): 『일본서기』에 기록되어 있는 일본의 시조(始祖), 고조선의
장군이 바로 협야이다. 이에 대해 『환단고기』의 '단군세
기' 에서는 다음과 같이 전한다.

갑인 38년(B·C 667년) 협야후(夾野侯) 배반명을 보내어 바다의 도
적을 토벌케 하였다. 12월엔 삼도가 모두 평정되었다. −36세 단군
매륵조

그러므로 고조선의 장군 협야후 배반명이 왜 나라의 반란
세력을 평정하고 일본의 천황이 되어서 단군조선에 충성
하였음을 알 수 있다.

소나무야

봄은 사라지는가
아침 싸늘한 공기 창가에 맴돌다
창가를 두들긴다

환하게 웃어주는 소나무
한 그루

가만 창문 열 때
이슬 먹고 얼굴 비시시 돌리는구나
소나무 한 그루

비어있는 너의 가슴
나는 알고 있다

태양의 강한 햇살 먹어
초록의 긴 세월 만들어 가며
나의 가슴을 푸르게 하는 너를 보고
하루 시작한다

변하지 않고
늘 푸른 너를 사랑한다
소나무야

향기 또한
은은한 솔잎에 취하는
하늘의 가슴 나는 알고 있다

자유의 물결

사람들은 가슴 속이고
살아가는 무리를 보고 있습니다
자신을 속이고 권력으로
재산 모으는 꾼들이 있어
숨 막히게 숨어서 하늘 바라봅니다

꽃 피고 꽃이 지는 것은
자연의 힘이라 하지만
꾼들은 자연의 힘이 아니고
자유의 꽃으로 생각하고 있습니다

꾼들에게
하얀 꽃
한 송이 드리고 싶습니다

꾼들 앞에 꽃을 드린다 해도
허공에 바쳐진 꽃이 됩니다

그러나 4월에 가신 임들
메아리친 함성이 자유의 꽃이 됐습니다
조국의 힘을 창출했습니다

임들을 바라보며 머리 숙이는 사람들
순수를 바라보고 자기 자신
바라볼 수 있게 하소서
조국에 젊음을 채워주시고

오늘도 먼 지평선 바라보며
하늘의 비둘기 떼 바라보면서
할미꽃으로 변한 부모형제
가슴을 어루만져 주소서

조국을 기억하게 하소서
살아 숨을 쉬고 있는
우리가 무엇을 해야 하는지
우리 가슴에 자유와 정의를 심어주소서
하얀 마음 심어주소서

어머니 마음

넓고 큰 바다라 해도
하늘에서 보기에
점 하나에 불과합니다

점 속의 바다가 크게 보이며
산이 크게 보인들
얼마나 크겠습니까

작은 가슴 안에 들어있는
깊은 가슴에 숨어있는 마음
크고 넓다는 것
우리는 알고 있습니다

어머니 가슴은 점보다 큰
사랑이 있습니다

우리 마음 안고 있습니다
큰 산과 넓은 바다
모두 사랑하고 있습니다
어머니 마음은

두산 연시조

해맑은 우주에서 하나로 살아야해
어쩌다 갈라져서 앙숙된 민족으로
파도로 나라흔드나 불안해서 죽겠소

해방된 우리민족 한국토 한민족이
갈라져 망쳐놓고 사는것 부끄럽네
지상에 낙원만들어 굶는인민 불쌍해

마지막 말한마디 잊었소 나라의얼
지상에 낙원있어 배고파 죽는소리
뽐내는 사람들이여 사랑으로 삽시다

소박한 우리네얼 그누가 막을쏘냐
조국의 한어린일 알아야 발전있네
쓰라린 고난의역사 잊고사는 우리들

구비구비 흐르는강 어찌할수 없는순리
해가뜨고 지는것도 자연신비 어찌하리
가면오고 오면가는 우리인생 누가아노

가까운 고향

나에게는
가까운 고향이 있습니다
가고 싶어도 가지 못합니다

삶이란 굴레를 벗어나지 못하기
때문입니다
그래서 멀고도 가까운 곳이라
했나 봅니다
고향을

고향은 산천초목 우거진
대한민국입니다
내가 딛고 서 있는 이 자리가
고향입니다

가슴만 알고 있는
가슴의 고향이기 때문입니다

신둔천* 가에 축 늘어진
버드나무 잎에도
가늘게 휘청거리는
버드나무 가지에도
내 고향은 있습니다

그립고 보고 싶은 얼굴들 있어도
나는 시방세계에
살고 있기 때문입니다

*신둔천: 경기도 이천시 백사면에 있는 천(川)

바다처럼

넓고 깊은 바다와 같이
하느님과 이야기하는 기도의
목소리처럼
넓은 당신의 가슴처럼

꽃들이 하늘 보고 웃는 것처럼
당신을 사랑하고 싶다

겨울밤 잠이 오지 않고
당신과 나의 영혼이 소통될 때
당신 가슴에 꽃이 필 때

가슴에 밀려오는 파도가
폭풍으로 변할 때처럼
우주 공간이 하나인 것처럼

영혼의 소통으로 사랑이
오고 가는 것처럼
별들이 물 마시는 것처럼
사랑하고 싶다

자연의 모든 사물이
자기 자리를 지키는 것처럼
당신을 사랑하고 싶다

큰 뜻

보수가 무엇이냐고
진보가 무엇이냐고
묻지 마세요

병신 육갑 떠는 소리라 하잖소
불의가 없어지고
먹구름 걷히는 날엔

어진 백성들 모두가
자유롭고 정의로운 삶
이어진다

불의에 타협하고 치부하는
권력에 아부하며 가슴 부풀리는
꾼들

천둥소리에
가슴 뛰는 검은 사람
오늘도 이마에 기름이 번질 하네만

정의를 기다려 숨은 큰 뜻
어디에 두고 있는지
농토 지키는 어진 백성 가슴
복 담는 소리 들린다

목소리

사람과 사람이 만나는 것
사랑과 사랑이 이루어지는 것
조국과 내가 있는 것

인연 중의 필연이라 합니다
같은 길 걸어가는
우리가
가는 길도 모르고 걷는가 봅니다

우리 자신의 목소리
듣지 못하는 한
아무도 우리 인생 도와줄 수
없습니다

조국의 소리 듣지 못하면
타민족이 우리를 도와주겠는가
어림도 없는 망상

한민족의 소리는 우리만이 아는
성스러운 울림입니다
애국가의 울림 태극기의 울림

울림 자체를 부정하는
소리 없이 소리를 듣는 모자란 인생들
자기 가슴 열어보기 바랍니다

내면의 목소리 듣지 못하는
내가 참으로 어리석은 낭인의
나그네로 사는 것
한없이 부끄럽습니다

훈련

풍요롭게 살면서 호의호식하면서
살지 않았습니다

힘겹게 살아오면서 어려움 보살피며
살아왔습니다

입고 싶어 하던 교복 한번 환하게 맞춰
입지 못했습니다

모든 것은 인생의 나눔이라
생각했습니다
사랑의 나눔이라 생각했습니다

뒷거름 보리밭에 내놓으면서
울어도 보았습니다
참아야 한다고 하늘은 전해주었습니다

날마다 기도했습니다
이제는 풍요를 주십시오 자유를 주십시오
하느님

더도 덜도 말고 그냥 그만큼으로
받기 위한 나눔이 아니었습니다

가슴을 주고

열심히 살아가는 모습
아름다워
모든 것을 주고 싶었습니다

그러나 생활의 부유가
눈에 보인다 해서 미래가 밝다 해서
지난 어려움을 잊어버린다면
아름답게 꽃 피운
세월들이 허공을 지릅니다

사랑받지 않아도 사랑할 수 있는
미움도 사랑도 없는 그런 사랑하고
살고 싶습니다

삶의 풍요를 주신 인내를 주신
삶의 훈련을 시켜주신
하느님 감사합니다

사투

투쟁 이름 모를 사상으로
무장하여 민족의 힘을
낭비해버린 처절한 삶을
아십니까

먹을 것 입을 것이 없어
시달림 받아온 민족에게
허울 좋은 사상
머리를 아프게 했습니다

아무것 모르고 전쟁에 나가
싸워야 했든 날들을 기억합니까

민주주의가 무엇이고
공산주의가 무엇인지도 모르고
좌익이 무엇이고 우익이 무엇인지
진보가 보수가 무엇이란 말이냐

육갑들 떨지 마라

그래서
동족을 죽여야 하는 처절한
시간 송두리째 앗아 갔습니다

소수가 다수를 지배하던 시대

머리에 먹을 것 입을 것만 찾는 지금
우리 가슴을 엄습한
흰 무리들 아십니까
겉 희고 속 검은 것은 네놈들뿐인가
하노라

유월이 또 왔네요

유월 햇빛 쏟아지는 날
당신은 무엇을 생각하시나요
높은 산 계곡 흐르는 물에 발 담그고
삼겹살에 소주 한잔 생각하시나요

유월은 쓰라린 괴로움이 쏟아지는 날들이
있습니다
고통이 쏟아져 우리 가슴 치는 날이 있습니다
괴로움과 고통 모르는 사람은
유월을 모르옵니다

우리는 유월을 알아야 합니다
부모형제와 정의와 자유 그리고 평화를 위해
쓰러져 간 가슴 있습니다

우리는 누구 때문에 자유를 누리고
열심히 일하며 살아가고 있습니까
누구의 희생이라 생각하고 있습니까

유월의 푸름에 붉은 핏자국이 서려 있습니다
목마름이 쏟아져 붉은 피가 쏟아져
우리를 있게 했습니다

아- 유월의 함성이 쏟아지는 날에
임들의 혼에 다시 한 번 머리 숙여 봅니다
유월의 가슴에 숨겨진 한을

사랑이 쏟아지는 유월 되게 하소서
미움이 쏟아져도 사랑으로 즐거움이 쏟아지는
유월 되게 하소서

우리를 알게 하소서
자유가 무엇인지 평화가 무엇인지 알게 하소서

유월에 만난 사람

한 해가 가고 다시 오는
세월
우리 가슴 새롭게 합니다

우리 것 아닌 남의 사상으로
싸워야 했던 날
가슴에 기록되어 있습니다

초록의 물결 위에 피바다 만든
격전지는 조용한 늪으로
만들어놓고
밤이면 이름 모를 야생 동물 울부짖는
처량함은 우리 가슴 서글프게 합니다

부모와 형제 잊어버리고
조국에 피를 바친 영혼
말 한마디
싸우지 마라 공산당도 민주주의도
우리 것이 아니다
우리 것은 단군의 사랑

겉포장 싸움으로 조국 갈라지게 한 것
흰 놈들 놀림에 꼭두각시 되어버린
민족의 한 누가 알리오

우리의 유월
가슴으로 얼룩진 사랑의 바다
그 한을 우리는 알고 있지

핵무기보다 더 강한 젊은이여
어제를 알아야
오늘을 기록할 수 있습니다
아버지가 계시기에 우리가 존재하는
의식에 조국이 있습니다

사랑보다 강한 조국의 피를 당신은
아십니까

갈증에 냉수 한 그릇 마시고
승리의 벽을 향하여 돌진하던 그날들
잊지 맙시다

기억합시다 사람들아
우리 가슴을 활짝 열어
평화 공존을 누립시다
정치하는 위정자들아 유월에 오는
한을 무덤 위에 버리지 말아다오

초록의 물결

조깅은 이어지고 있다
초록의 물결 위에
비료를 던져주는 손길

농부 가슴에
벌써부터 벼 이삭이 보인다

새벽부터
논바닥을 휘저어가며
던져주는 마음

초록의 물결 만들기 위해
삶이 이어지도록
염원하는 손짓이다

그리운 고향 하늘
초록의 물결 기억한다
얼굴에
초롱초롱한 눈

삶의 빛이 영롱하다
누가 보거나 말거나
비료를 던져주는 농부
그 가슴 나는 알 수 있다

흐르리라

세월의 연륜 밑에
쌓아둔
나의 잘못된 삶

한 번 두 번 생각하면서
살았어야 할 나의 아집
생각하면 잘못만
가슴에 들어오고

말라버린 풀잎에
타오르는 불길처럼

한 치의 남김없이
산화되어 없어지듯
마음 씻고

또 씻어서 맑은 시냇물 되어
흐르리라

백송(白松)

하얀 몸뚱이 소나무
그래서 백송이라 하지
이백 년 넘은 너의 기상은
쓸쓸하기만 하구나

무엇을 먹고 자랐는지
하늘의 눈 비
바람 먹고 살았다 하지만
조국 역사를 숨기고 있는
하얀 소나무

너의 고향이 대륙이 아니던가
홀로 서 있는 하얀 소나무여
뿌리박고 사는 이곳이 경기도
이천이라

너는 어디를 바라보는지
설봉산을 바라보며
조국의 한을 그리는가

조각난 조국은 말없이
소란만 피우고 있구나

너의 가지에 서린 조국의 사연
듣고 싶구나

– 경기도 이천시 백사면 신대리
　홀로 우뚝 서 있는 백송을 보고

• • • • • •　기도의 숲

4
기도의 숲

기도 속에서 당신의
영혼을 훔쳐보아
피곤한 가슴인가
깜박거리는
인간의 생명 풀잎에
이슬 같은 것

방황의 늪

흩어진 세월 앞에
본질적인 순수를 바라보지 않고
아주 작은 일을 위해
살아왔으며

실체의 겉모습만 바라보며
방황했다
수없이 화를 내었고
순간의 잘못이 없지만
나의 과거 잘못으로

괴로움 고통을 받고 비난을 받았다
인생의 잘못된 부분
언제 어떤 모습으로 열매 맺을지
누가 알겠는가

열린 가슴으로
세상을 바라보며 흔들리지 않는
실체의 진실을 따라나설 수 있는
내가 되어본다

많은 사람들 비난 소리에
나는 머리 숙여
소리 없는 진실에 감사한다

역사(驛舍)를 돌며

초여름 햇살에
많은 사람 틈에 끼어
너를 찾았지

나는
정말 바보처럼
오뚝이처럼 너를 만났네
그날
커피 한잔에 가슴을 풀고
지나간 세월을 잡았네

아—
초여름의 햇살
맥주 한잔에 삼계탕으로
마주앉아 너를 보았네

여기저기 흩어져
분주한 사람들의 발걸음
그것뿐이었네

사람을 만나는 것은 즐거움이자
행복한 일이다

아침이슬

인생은 아침이슬인데
권력은 이슬보다 못하는
이슬의 그림자 같은 것

가난하고 힘없는 백성
짓밟기 위해
흉계 꾸미지 마소

개혁과 개발한다고
북에 바치는 혈세는
닭발 된다 말했네

어진 백성 잡는 연습 하지 마소
개혁당 만들어놓고
같이 죽자는 것은 무엇인가

착한 사람이 개혁하면
나라가 흥하고
검은 무리가 개혁하면
나라가 어찌 되겠는가
참으로 가슴 아프다

어진 백성 속이고
누굴 우롱하고 있는지
우리 아리랑 어디서 찾을지

어디로 가고 있는지
터질 것만 같은 가슴
한없는 슬픔이 오네

가을 오는 길목

뻐꾹새 우는 초가을 문턱
창가에 서성이는 소나무
고개를 기웃거리고

바람에 흔들려 송진의 향기
떨어져
온 땅을 덮는데

향기롭지 못한 이불 속
홀로 누워있는 가슴
이른 새벽잠
외롭게 방 안을 덮는구나

가슴에는 지나간 인생의 고해가 흐르고
인생의 약속은 부질없는 뜬구름 같고

내 가슴에 밀려오는 파도소리 출렁이고
다가오는 긴 밤을 뉘와 함께 지내며
시름겨운 세월을 펴볼거나

지나가는 세월에

천 년 전에도 말세라
누가 말했는가
어진 백성 날마다
하늘 바라보며
한을 먹고 있는데

눈 뜨고 나면
다른 세상 열어지고
어느 것이 진실인가
숨바꼭질하는 모습

개구리는
산을 보고 우는가
물을 보고 소리 지르는가
아무도 알아듣지 못하는 울음

하나를 잡아야지
둘을 놓고 잡아보는 가슴
어진 백성 마음은 늘
이렇게 서글픈 생각
나라 걱정으로 이어지네

가을비

소나무 숲 사이
가을비 내리네
여름을 씻어내는구나
초록의 자리는
간간이 흔들림 받으며
쏟아지는 빗물에 어쩔 수 없구나

줄기마다 조르르 흐르르 빗방울
계곡 채우는 개울 되어
강으로 흐르네

우산을 때리는 가을 빗소리는
또 다른 빗소리 내는데
툭툭 떨어지는 소리
가슴 치는 한 방울의 물결로 변하네

가슴 안의 마음은 허공이 아니더냐
허공에 내리는 가을비는
마음에 흐르는
또 하나의
인생이 오고 가는 것을 말하는구나

순간은 잡을 수 없네

어제는 이미 지나버린
찾을 수 없는 우리의 시간
현재 한순간의 결정이
나라의 미래가 결정된다면

얼마나 많은 죄업을 가지고
북망산 찾을까
찾을 수 없는 어제의 가슴

순간의 생각 미래의 마음을
어루만져가며 조국의 성을
쌓아보소

하나 되는 우리 힘 만들어
빛나는 조국
강한 민족을 만들어

세계만방에 지배하는 민족 되지 말고
존경받는 동이족이 되어
후손에 남겨 주자

기쁨과 사랑

소란스런 세상을 벗어나
아름다운 가슴에 태어나기를 바란다면
자기를 바라보아야 한다
조국을 가슴에 안아야 한다

법(法) 위에 사닥다리 놓고 건너다니면
야망 속에 망상으로 들어가기 마련이다
분노를 참지 못해
원망이 하늘 높이 솟는다면
미래에 다시 돌아온다

여러 생각 한 생각으로 다듬어
원망을 사랑으로 만들어라
그리하면 붉힌 얼굴 사라지고
뛰는 가슴도 쉬어가리라

기쁨과 사랑 돌아오면
마음을 열어
하나 되는 국가 만들어지면
하나 되는 조국이 만들어진다

세비여

세비 빠는 위정자여
가냘픈 머릿수로
어진 백성 피를 빨아
배불리 먹는구나

얼마나 빨았는지
무거워 걷지도 못하는구나
세비 먹기 그만 하게나
그러다 채하면
목숨 어디서 찾을 건가

모기 같은 위정자님
세월 가면
목숨 그만인 것을
모르나이까

건달 위정자들이여
어진 백성 마음 당당한 사자와 같다
먼 미래 우리 민족 생각하소서
길이 빛날 조국을 생각하소서

시월은 우리의 것

시월은 국군의날 우리의보배
개천절 시월삼일 나라의생일
한글날 시월구일 우리의자랑

단군은 배달이라 이름지었네
배달은 밝은민족 온순한민족
신화는 날조된것 진실을찾자

역사는 가슴에서 일어나는것
우리가 시월축제 만들어보세
그리스 문화보다 우리가먼저

시월을 사랑했네 성화올렸네
그것도 모름시로 배달이라니
참말로 가슴시려 터질것같네

그것으로 살자

즐거움 그것으로
살자
행복 그것으로 가슴을 채우자

평화 그것으로
단장하는 우리 되자

하루 일상 순간에서
오는 기쁨
그것으로 행복을
채우자

쓸쓸함 외로움은
하늘의 뜻 그것으로
채우자

영혼의 맑음 그것을
청량제로 채우자

꿈을 꾸고 있다

우리는 꿈을 꾸고 있다
겉과 속 다른 위정자 우리 가슴 속이며
꿈꾸도록 하고 있다

속임 받는 우리 꿈 깨어나지 못하게
잠을 자게 하고 있다
그들은

그러나 우리가 잠에서 깨어나는 것은
막을 수 없다
우리는 단지 잠을 자면서 꿈을 꾸고 있다

잠도 우리가 깨어나는 것
막지 못할 것이다
깨어나지 않는다면 우리 자신의 의지가
약한 탓이다

의원 수 삼백 명이 무엇이냐
백 명이면 족하지 않겠는가 세비도 많다
가슴을 열어보기 바란다

그래서 잠이 계속되고 잠속에서 꿈이 계속된다
우리는 꿈을 꾸고 있다

그들은 우리에게 꿈에서 깨어나지 못하도록
하고 있다

우리는 잠에서 깨어야 한다
깨어나는 것은 그 누구도 막을 수 없다

우리 가슴에 흐르는 힘 간직하고 있으면서
깨어나지 못하는 것은
우리 자신이 위정자에 약한 탓이다

꿈을 털어버리는 것 우리 자신의 힘이며
조국의 힘이 된다

순종의 늪

오래된 이야기 아닙니다
꾸미지 않은 사실입니다
친구들은 화려한 시간으로
일관했습니다

나는 뛰어가지 못할 순종에 갇혀
하늘 뜻에 따라 살았습니다

가슴에 큰 변화를 맞이하면서도
말 한마디 못하고
논밭에 나가 흙과 싸웠습니다

늘 같은 순간
언제나 전과 같이 힘이 필요하고
허기진 배 고구마 하나 그리워하며
시간을 보냈습니다

해가 솟아오르는 것처럼
확실하게 순종에 갇혀
선머슴으로 살았답니다

달콤하고 쓰디쓴 이야기처럼
무엇이 될까 생각도 없이

순간에서 순간으로 살아온
소년이었습니다

꽃이고 싶다

태양이 구름 등 뒤에
숨어있을 즈음
달밤에 살며시 얼굴 붉힌다
노랗게 피어오르는
환한 얼굴로 그를 기다린다

나는 달맞이하는
꽃 되고 싶다
달빛에 숨어있는
행복한 마음 보고 싶다
나누고 싶다 주고 싶다
행복을

달도 구름 뒤에 숨어서
가슴앓이 하면서도
그리운 꽃을 기다린다
그 가슴에서 흐르는 사랑은
하늘을 지킨다

하늘의 마음 흐른다
하느님의 사랑 불과 같이
타오르고 있다

고운 빛

사랑은 고운 빛이어라
해 뜨고 해 지는
시간 우리는 늘
서로를 생각합니다

자연은 말없이
우리를 바라봅니다
하소연도 기쁨도
들어주지 않습니다

다만 지켜보기만
합니다
모두를 포용하고
높고 낮음 없이
골고루 사랑을 주고 있습니다

기도의 숲

기도 속에서 당신의
영혼을 훔쳐보아
피곤한 가슴인가

깜박거리는
인간의 생명 풀잎에
이슬 같은 것

그래도 밤이 오면
잠도 오고
빛이 오면
눈이 떠지는
오토의 부속품같이

나는
움직이는 숨 쉬는
로봇

사랑하는 그대여
우리에게
영혼의 소통이
없다면

하느님께 바라는 것이
있겠소
보고 싶을 때는
촛불을 켜봅니다

봄비

사랑하는 임아
기도 마친 후 나도
눈 감고
하늘에 다녀왔지

너와 나의 그리움
가슴에
박아놓고 이렇게
오고가는
하늘 길 만들어주신
하느님께
감사드린다네

봄비가 바람까지
동반하고
우리 곁에 왔구려

봄비 속에
사랑의 싹을 들고
지상에 나앉아
세상을 즐겁게 하는
구려

한줌의 바람

화려한 꿈은 어디가고
백발만 남았는가
어제도 오늘도 세월 따라 가는 길

나도 가고 너도 가는 인생이라
코 흘리고 웃고 울고 싸우던
시절 어디로 갔는지

세월 따라 가버린 바람이었소

• • • • • •　기도의 숲

5
에세이

- 참새 떼가 보고 싶다
- 6·25전쟁의 교훈

참새 떼가 보고 싶다

내가 살던 고향 호수 옆 천여 평의 논에서 벼농사를 짓고 있었다. 이삭 피어 물이 오를 때쯤이면 여름방학이 시작되어 참새 떼를 쫓아야 했던 날들이 기억난다.

시골 길을 걷다가 시원한 원두막에서 노랗게 익은 참외 하나를 먹으면 얼마나 맛이 나던지……. 단맛이 온몸의 피곤함을 가시게 한 그날들이 그립다. 시원하게 산들바람이 부는 원두막에 앉아 씻어 먹은 그때의 참외 맛은, 지금의 참외 맛과 비교가 되지 않는다는 것을 말하고 싶다.

원두막 근처 논 언저리에는 새막을 지어 놓고 새를 쫓았다. 참새 떼 쫓아내는 일은 이른 새벽부터 시작된다. 목이 터져라 어깨 빠져라, 소리 지르고 팔을 휘둘러도 새는 어김없이 다시 찾아온다. 저쪽 논에서 소리쳐 새를 쫓아내면 이쪽으로 다시 찾아온다. 허수아비를 우습게 보던 참새 떼 때문에 우리는 매일 고생을 해야 했다. 잠시라도 한눈 팔면 순식간에 벼 이삭을 빨아먹어버리기 때문이다. 요즘 같이 참새 한 마리도 보기 어려운 세상에 이런 이야기를 하면 젊은이들은 그런 시대가 있었느냐며 웃어버린다.

나는 이웃집 종택이와 함께 여름방학 내내 논에서 참새와 싸워야 했다. 참새들은 석양이 될 무렵 대나무밭이나 둥지로 돌아갔기 때문에, 까만 눈동자에 양 볼이 붉게 달구어진 종택이와 나는 온종일 이글거리는 태양 아래에서 참새 떼의 습격으로부터 벼 이삭을 지켜야 했다.

참새 떼가 잠잠해지면, 종택이와 나는 암수 잠자리를 각각 잡아 발목에 실을 묶어 나뭇가지에 달아 손으로 돌리기 시작했다. 돌리다가 수컷이 암컷의 머리 위에 꽁지 부분을 꽉 끼는 순간 논두렁에 살짝 내려놓았다. 네가 많이 잡나 내가 많이 잡나, 소리 지르고 웃으면서 잠자리 잡던 일이 기억난다.

잠자리 잡다 새들이 다시 논가에 앉으려 하면 우리는 다시 새 팔매질을 했고, 잠잠해지면 새막에 앉아 태양을 피했던 일들은 잊기 어려운 우리들의 추억이다. 오늘을 살아가는 청소년들은 벼 이삭이 여무는 모습도 참새 떼 지저귀는 소리도 보고 듣지 못하고 살아가고 있어 무척 안타까운 마음이 든다.

새막에서 나올 때 잠자리 몇 마리 잡았나, 손가락 사이에 잠자리를 한 마리씩 꽂고 서로 자랑하면서 환하게 웃던 친구 얼굴이 그립다.

참새고기 한 점은 소고기 한 근과도 바꾸지 않는다는 말이 있을 정
도로 참새고기는 맛이 기가 막히다. 야밤에 대나무밭에 들어가 갑자기
전등불을 비추면 꼼짝 못하는 참새 떼를 쉽게 잡을 수 있었는데, 잡은
참새는 그 자리에서 바로 손질하여 구워 먹었다. 그때는 맛도 모르고
먹었지만, 지금은 그런 맛을 찾을 수가 없다. 가끔 그 맛이 그리워 주위
를 둘러보아도 요즘은 참새구이 집 찾기가 쉽지 않다.

나는 새들이 조용해지면 새막에 앉아 책을 읽었다. 만화책이나 잡지
를 보곤 했는데, 특히 『춘향전』의 아름다운 이야기를 읽은 기억이 난
다. 거지가 된 이 도령과 옥중 면회를 하던 춘향이의 말에 나는 얼마나
울었는지 모른다. 자기가 죽어가면서도 임을 향한 일편단심을 이야기
하던 숨 막히는 대목에서 나는 한없이 울었던 기억이 난다.

새막에는 이렇게 우리에게 한여름의 추억과 시골의 정취가 담겨 있
다. 그리고 나의 동심 속 낭만과 가난했던 어린 시절이 투영되기도 한
다. 종택이와 새막에 앉아 허기진 배를 채우기 위하여 보리로 빚은 개
피떡 한 개를 나누어 먹으면 얼마나 맛이 있었는지 모른다. 종택이와
나는 그렇게 여름을 보내면서 우리들만의 낭만을 기록했다. 고생스럽
다 해도 그날들이 그립다. 하늘 높이 나는 참새 떼를 다시 보고 싶다.

우리는 논밭에서 피는 아름다운 이야기를 먹고 살았다. 논두렁, 밭
두렁 사이 걸어가면서 들었던 개구리와 벌레의 울음소리는 지금도 가
슴 속에서 메아리처럼 울리고 있다. 평화롭게 자연을 만끽하며 살았던
그날들이 그립다.

6·25전쟁의 교훈

　트럭 한 대가 우리 집 앞에서 멈추었다. 시집 간 누나가 트럭에서 내렸다. 트럭 짐칸에 농짝과 쓰다 만 물건 몇 가지만 챙겨들고 집으로 돌아왔다. 누나가 전쟁 중에 집으로 왔다. 6·25전쟁이 나기 삼 개월 전 시집 간 누나가. 어떤 사연을 가지고 집으로 돌아왔는지 나는 몰랐다. 아버지와 어머니는 아시리라. 누나의 기가 막힌 사연을.

　나는 나중에야 그 사연을 알게 되었다. 당시 매형은 세무공무원으로 일했는데, 경찰이 후퇴하면서 학살시켰다. 누나는 수많은 시신 속에서 매형을 찾았다. 누나가 만들어준 손수건을 매형은 손목에 매어놓고 눈을 감으셨기에 시신을 찾을 수 있었다. 눈물 흘리며 시집 식구들과 간단한 장례를 치르고 친정으로 돌아온 것이다.

누나도 누나이지만 할머니 마음은 어떠하였을꼬. 어머니 마음은 어떠하였을꼬. 갓 스물에 시집 간 누나가 이렇게 전쟁의 상처만 안고 돌아왔다. 지금 돌이켜 생각해보면 누나는 그 괴롭고 슬픈 마음을 어떻게 감추고 돌아왔을까 싶다. 하지만 거기서 끝이 아니었다. 이때부터 누나의 인생은 고달파진 것이다.

어느 날 아버지는 내무소(경찰서)에 끌려가 모질게 고초를 당하셨다. 나는 매일 내무소로 가서 아버지께 도시락을 넣어드렸는데, 한참 후 아버지가 내무소에서 풀려났다. 왜 그런 일이 일어났었는지는 기억나지 않는다. 어쨌든 그 후 내무소에서 몸이 망가진 아버지를 위해 어머니의 간병이 시작됐다. 아버지의 등에는 사발만한 크기로 등창이 나서 진물이 났는데, 이름은 기억나지 않지만 그 상처에 내가 가루약을 발라드린 기억이 난다.

6·25전쟁이 발발하고 북에서 내려온 사람들이 주축이 되어 우리 동네에 들어와 소년단을 만들어서 소년 소녀들을 모아 놓고 소위 빨치산 노래를 가르치고 있었다. 동네 아이들은 '김일성 만세', '아침은 빛나라', '장백산 줄기' 등의 노래를 불렀다. 밤이 되면 무조건 소등을 해야 했다. 캄캄한 방에서 밤을 새야 하는 날이 늘어갔다. 아군의 공습을 피하기 위해서였다. 낮에는 빨치산들의 성화에, 밤에는 아군의 공습을 피해야 하는 기이한 날들을 보냈어야 했던 날들. 우리 가슴을 아프게 하는 그날들이었다.

여름이 지나가고 가을이 왔다. 할머니가 추석 직전에 빨치산들에게 잡혀가셨다. 토지분배용 논을 내놓으라고 하는 것 같았다. 여러 사정으로 인해 아버지도 전쟁 후 숨어서 지내셨기에, 우리는 이렇게 전쟁 때문에 아버지도, 할머니도 없이 추석을 맞이한 기억이 난다. 6·25전 쟁 때문에 우리에게 추석은 사라져버렸다.

인민군이 우리 마을에서 철수를 하고 북으로 도망을 간 날이 바로 추석날이었다. 추석날 마을 전체는 조용하기만 했다. 송편은 생각도 못했고, 끌려간 할머니 걱정뿐이었다. 나는 어머니의 아픔만 느끼고 있 었다. 가슴과 가슴으로 전해지는 아픔이었다.

추석 전날 낯선 사람들이 우리 집에 찾아왔다. '아버지가 어디 가셨 는가?', '찾고 있다. 우리는 모르는 일이다.' 어머니는 우리도 애들 아 버지의 거처를 알고 싶어서 이리저리 찾고 있다는 말을 했다. 그날 아 버지가 계셨더라면 그놈들은 아버지를 저세상으로 가게 했을 것이다.

추석이 왔다. 아무것도 없는 추석. 다른 때 같았으면 송편을 먹고, 새 옷을 입고, 즐겁게 성묘도 갔을 것이다. 그러나 전쟁 중이라 조상님도 우리를 이해하리라 하는 생각이 들었다.

수심에 찬 어머니 모습. 지금 생각하면 얼마나 많은 고초를 경험하 시면서 마음속 깊이 병이 들으셨을까 싶다. 힘든 생활 속에서도 자식 들과 나라의 장래를 걱정하던 어머니를 아직도 기억하고 있다. 일제치 하에서 보통학교를 나오신 어머니. 어머니는 언제나 괴로움과 슬픔을 침묵으로 달래며 살고 계셨다.

추석 오후쯤 동네 어른이 우리 집에 헐레벌떡 오셨다. 어머니는 어 찌된 일인지 동네 어른에게 대답을 재촉하셨다. 마을 외곽 공동묘지에 할머니가 계신단다. 그 공동묘지는 우리 집에서 일 킬로미터쯤 떨어진

곳으로 기억한다. 화장터까지 있는 넓고 무서운 공동묘지였다. 단숨에 우리는 그곳을 달려갔다.

아니 이게 어찌된 일인가. 할머니는 머리에 핏자국이 엉겨있어 얼굴을 알아보기 어려웠다. 게다가 입은 솜으로 막혀 있었고, 손은 뒤로 묶여 있었으며, 옷은 다 벗겨져 속옷만 입은 채로 눈을 감으셨다. 그 자리에는 7, 8구의 시체가 소나무를 중심으로 널브러져 있었다. 동네에서 좌익 운동하는 사람들이 아버지가 우익이라 하면서 아버지를 찾아내기 위해 할머니와 몇몇 사람들을 학살하고 만 것이다.

이것이 내가 겪은 6·25전쟁 때문에 일어난 우리 집안의 수난이다. 매형이 아군에 의해서 학살을 당하셨고, 할머니는 빨치산에 의해 돌아가셨다. 전쟁은 이렇게 적군과 아군이 없는 동족의 아픔이요 슬픔이었다. 하늘도 울고 땅도 울었으리라. 어렸던 내 마음도 그리 아팠는데, 아버지와 어머니는 얼마나 가슴 터지는 나날이었을까 생각을 해본다.

전쟁을 모르는 사람들이여, 이렇게 가슴 터지는 날들이 남의 일만으로 생각해서는 안 된다. 만일 이러한 날들이 다시 온다면 우리는 어찌할 것인가. 진보도, 보수도 우리의 물결이 아니다. 우리 가슴에는 오천년의 묵은 숨결이 숨어 있다. 그 숨결을 찾아보자.

나는 할머니에게 어리광 부리던 날들을 아직도 기억한다. 엄했지만 정이 많았던 우리 할머니. 모든 것을 지휘, 감독하셨기에, 아버지도 할머니 앞에서는 꼼짝 못했다.

할머니의 제삿날은 팔월 보름날이다, 많은 사연을 가지고 저세상으로 가신 우리 할머니. 송, 진 자, 섭 자. 할머니 함자(衛字)를 불러본다.

영원한 그 세상에서 편안하게 쉬시길…….

우리에게 항상 힘을 주셨던 할머니, 오래오래 마음속에 간직된 할머니, 그 세계에서도 우리를 항상 지켜만 보시고 계실 할머니. 나는 할머니의 외로움과 슬픔을 잘 알고 있다.

이렇게 전쟁은 너, 나 할 것이 없다. 경찰들이 때렸다 해서 빨갱이가 되어서야 되겠는가. 아군과 적군이 따로 없이 피해를 입는 것이 전쟁이다. 낮에는 아군 비행기에 시달리며 반공 호를 찾아야 했고, 밤에는 붉은 무리들이 온 집안을 뒤집고 다녔다. 이래저래 피해를 보는 건 어진 백성이다.

과거의 전쟁 하나만으로 적군이다, 아군이다 판결하기란 어렵다. 모두 잊고 용서하고 화해하며 하나 된 조국을 건설해야 할 것이다. 그 시절 군인이나 경찰에게 피해를 입었다 해서 북한을 찬양해서 되겠는가? 우리는 하나로 뭉쳐야 한다.

월남을 보라. 호지명을 추종하던 첩자들은 통일 이후 모조리 처형됐다. 배신자는 다시 배신한다는 논리였다. 우리도 마찬가지다. 지금의 친북세력은 북한에 의한 통일이 된다면 제일 먼저 처형된다는 것을 왜 모르는가.